KB120608

가을이면 실종되고 싶다

천년의시 0115

가을이면 실종되고 싶다

1판 1쇄 펴낸날 2021년 2월 19일
지은이 박도열
펴낸이 이재무
책임편집 박은정
편집디자인 민성돈, 장덕진
펴낸곳 (주)천년의시작
등록번호 제301-2012-033호
등록일자 2006년 1월 10일
주소 (03132) 서울시 종로구 삼일대로32길 36 운현신화타워 502호
전화 02-723-8668
팩스 02-723-8630
홈페이지 www.poempoem.com
이메일 poemsijak@hanmail.net

박도열ⓒ, 2021, printed in Seoul, Korea

ISBN 978-89-6021-543-6
       978-89-6021-105-6 04810(세트)

값 10,000원

가을이면 실종되고 싶다

박 도 열   시 집

천년의
시 작

시인의 말

시란
삶의 찬미이며
태어날 때부터 부른 노래다
시는
모든 종교 이전의 종교이고
모든 노래 이전의 노래이다
시란
평범한 우리네 일상이다
일생을 잘 살아온 사람은
한 편의 아름다운 시를
남기고 간 사람이다
시는
남은 자들에 의해 지어지고
떠난 자들을 위해 읽혀진다
시란
인간에 대한 간절한
사랑이요 그리움이요 성찰이다

차 례

시인의 말

제1부

제1부

별빛

저녁이 되었습니다
낮 동안 들판에서 뛰어놀던 별들이
어둠 속에서 빛을 뿌립니다
저마다 사연을 담은 별들은
지나온 삶만큼 자신을 비추나 봅니다
제가 바라보는 저 별빛은
얼마나 먼 길을 돌아왔을까요
나는 또 얼마나
저 별빛을 마주할 수 있을까요

그대의 길

길이라고 정해진 것들은
그대의 길이 아니라
먼저 간 이들의 길이다

그대의 길은
잠 못 이루는 밤 별을
바라보고 있는 그 눈빛이다

길은 느림보여서 먼저
고독이란 친구를 보내
잠시 어울리게 하고

길은 뒷걸음질로 와서
봄의 햇살도
여름의 태양도
가을의 단풍도 아닌
겨울의 눈발부터 보여 준다

혼란스러워진 그대는
누군가에게 길을 묻지만

모두가 다른 이의
길만 가르쳐줄 뿐

별을 보는 눈빛으로
두 발을 내디뎠을 때
그대의 길은
홀로 뚜벅뚜벅 걸어간다

돌멩이

발부리에 툭 차인

돌멩이 하나

계곡을 구르며

텅 빈 숲을 깨운다.

먼 훗날

우연히 주운 돌멩이 하나

시인의 얼굴처럼

닳아져 있다.

시인의 집

시인의 집에

달빛이 떠오르면

별들도 또르륵

마실 나오는 시간

할미꽃 같은 아내는

난로에 커피를 끓이고

음악이 흐르는 굴뚝에선

한 편의 시가 익어가는

가난한 시인의 집

바람꽃

강둑에
바람꽃 하나 폈다
동면에 들었던 짐승 한 마리가
순식간에 봄으로 도망갔다

바람꽃이라도 피는 날엔
온종일 거울만 쳐다볼 뿐
아무 일도 잡히지 않았다

기어코 한달음에 달려가서
해 지는 줄도 모르고 앉아있었다
그날은
어김없이 바람꽃 하나 달고 왔다

동백

슬픔으로 뚝뚝 지던 밤
왠지 모를 슬픔에
몸이 불덩이처럼 타올랐다

동백,

널 다시 보는 순간
붉은 그리움에 속수무책 무너져 버렸다

아침 7시

실구름 한 송이

연노랑 햇살을 타고 굴러와

거미줄에 맺히는 이슬방울

잠풍에 나울대며 살며시 눈 뜨는

애기똥풀의 초록 웃음

잠자리 떼 너울너울 그네질 하다

수줍게 영글은 물방울 하나 툭,

발치로 떨어뜨리고

여린 해 줄기 날개 결 더듬어

올올이 말려주는 산 너울가에

풀벌레 소리 싱그러이 흘러가는

청 여름의 이른 아침

겨울 한밤

달빛이 노랗게 익어가는 겨울밤

마당에는 시인詩人의 겨울이 원고지처럼

소복이 쌓여 있다

토방 아래 백구는

탱자나무 너머로 발자국을 찍어놓고

아버지는 윗목에서 문종이를 오리신다

연을 만드시는 거다

내일이면 아들 녀석이 날릴

당신의 겨울을 곱게 마름질하시는 거다

문풍지가 가늘게 떨리는 선잠 속에서

어린 시절을 잠 못 들게 한다

마실 간 백구는 돌아왔을까

부치지 못한 엽서

우체국 창가에서 엽서를 씁니다.

그대가 떠난 지도 벌써 수년이 흘렀습니다.

봄볕이 내려앉은 꽃대마다 붉은 꽃망울이 맺히는가 싶더니,

어느새 동백은 붉게 달아오르며 절정으로 치닫고 있습니다.

조용한 산사의 산수유나무에선 노란 꽃잎이 앞다투어 꽃잎을 피워 내고,

어느 섬에선 봄 향기 물씬 나는 유채꽃이 군무를 이룬다고 합니다.

또한 제가 사는 곳에도 꽃 소식이 멀지 않습니다.

봄의 전령사인 개나리 꽃대가 수상합니다.

따스한 햇살에 잠시도 몸을 가만두질 않습니다.

\>

누군가 서툰 붓질로 노란 물감을 점점이 묻혀 놓았습니다.

금방이라도 대지를 황금빛으로 물들여 버릴 기세입니다.

주말이면 가끔 오르는 뒷산의 산벚나무도 연분홍 단장을
마쳤습니다.

아직 조금은 수줍은 듯 꽃몽오리를 여물고 있지만,

머지않아 맑은 이슬을 머금고 꽃잎을 활짝 피울 테죠.

그리고 마침내 눈부시게 찬란한 봄의 절정에서

새하얀 벚꽃이 펑, 펑 터지는 날에

저는 우두커니 하늘을 바라보며

날리는 꽃잎 속에서 눈물 한 방울 또륵 흘리겠지요.

올해도 부치지 못한 엽서를 봄 길에 띄워봅니다.

봄밤

꽃잎 날리는 밤에

그대가 그리운 까닭은

달빛 쏟아지는 강둑에

봄날의 추억을

온전히 두고 왔기 때문입니다

달빛 익어가는 밤

누렁이는 컹컹 짖고
눈길을 밟고 오는
늙은 가장의 잔기침에
가슴 한끝이 화르르 번지던
달빛 익어가는 밤

화롯가에 고구마는 익어가고
노란 달빛은 미소를 짓고
낡은 외투 자락 펄럭이며
시린 달빛 쏟아내던 겨울 한밤

소복이 쌓인 눈길 위로
군밤 냄새 한 봉지 묻혀 와서
입가에 따스하게 풍겨 내던
어느 늙은 부부의
달빛 익어가는 밤

종착역에서

눈발이 분분히 날리는
겨울날 종착역에서

어떤 이는 사랑을 하고
어떤 이는 이별을 하고

오지 않는 막차를 기다리며

어떤 이는 포옹을 하고
어떤 이는 작별을 하리라

모두가 떠난 종착역에
눈발은 하염없이 내리고

작별의 벤치에 앉아
나직이 그대를 불러보네

슬픈 계절의 사랑이여
아픈 추억의 이름이여
오늘 밤도 쉬이 잠들지 못하리

저녁 무렵

사라지는 것들은 깊은 여운을 남긴다.

차창을 활짝 내리자 부드러운 공기가 얼굴을 감싼다.

비가 언제 왔나 싶게 바람의 질감이 고슬고슬하다.

우울한 기분이 순해지며 바람결에 쓸쓸함이 시나브로 밀려든다.

매일 맞이하는 저녁 무렵이지만

낮을 지나 밤으로 넘어가는 경계에 서면

언제나 외로운 눈빛이 된다.

낯선 시간 속에 혼자 덩그러니 남겨진 기분이다.

길 위에서 수없이 교차되는 전조등 불빛에

가끔 어디를 향하고 있는지 방향을 상실하곤 한다.

매양 같은 길을 지나면서도

언제나 낯설게 다가오는 시간의 경계에 서면

마음 한구석이 헛헛해진다.

고개를 들고 하늘을 올려다본다.

옅어진 먹구름 사이로

희미한 별 하나가 고개를 비죽이 내밀고 있다.

나는 별을 배달하는 눈빛으로

어둠 속의 한 곳을 그윽이 바라본다.

별을 배달하는 마부

창문마다 따뜻한 불빛이 켜지고 눈발이 날리면

세상 밖에 덩그러니 서있는 아득한 기분이다.

택배를 들고 있던 걸음을 멈추고 밤하늘을 올려다본다.

까만 하늘에는 맑고 반짝이는 별들이 가득히 비춘다.

밝게 빛나는 별들은 점점 가까이 다가온다.

추위에 꽁꽁 언 몸이 불현듯 따스해진다.

슬픔은 사라지고 주위에는 온통 별빛으로 충만해진다.

별들을 가슴에 품고 상자마다 별 하나씩을 담는다.

별 무리 속에서 홀연히 나타난 흰 당나귀가

커다란 날개를 접고 다소곳이 멈춘다.

>

흰 당나귀 등에 별이 든 상자를 싣고

별을 배달하는 마부가 되어 어둠 속을 걷기 시작한다.

시간의 발자국

구릿빛 사막이 꿈틀거린다.

아무도 지나간 흔적이 없는 황량한 대지

갈기를 휘날리며 기다리고 있는 말 한 필

사막을 빨리 넘고 싶어

말에 채찍을 놓는다.

거친 바람에 얼굴이 닳아지며

메마른 눈물도 간간이 뿌린다.

구릉과 구릉의 외줄을 타며

나의 오아시스를 향해 편자를 갈아 끼운다.

풀풀 날리는 모래언덕에서

>

내 얼굴이 말의 얼굴이 문드러져

몸뚱이만을 태운 사막의 끝에서

지친 영혼이 부스스 쏟아져 내린다.

먼 훗날

이곳을 지나는 그 누가 있어

떨어진 채찍과 편자를 들고 그의 사막에

낯선 시간의 발자국을 찍으리라.

제2부

집으로

하루 중 가장

낯설게 다가오는

낮과 밤의 경계에서

붉은 한낮은 사라지고

산자락에서 내려온

먹빛 그늘이

도시를 덮는 쓸쓸한 시간이면,

그만 주먹을 풀고

김이 모락거리는 하얀 쌀밥과

따뜻한 불빛이 번지는 집으로

돌아가야 할 시간이다

그리움

당신에게 가고픈 마음에

그리움의 등불을 켜고

내게로 오고픈 마음에

기다림의 등불을 켜놓을 것입니다

당신에게 가고픈 마음

내게로 오고픈 마음

그 중간 어디쯤에

둘만의 징검다리 하나 생겼으면

연

언덕 위로

찬바람이 불어오네요

연을 날리던 아이가

그만 연실을 놓쳤네요

아이가 깡총깡총 뛰며

어쩔 줄을 몰라 하네요

아이 손을 떠난 연이

멀리멀리 날아가네요

겨울 들판에 꿈 하나 걸려고

저리도 높이 날아오르네요

가을이면 실종되고 싶다

가을이 내려앉기 시작하면서

정류장에 남자가 보였다

간간이 버스가 지나치는 그곳은

승객도 별반 타지 않는 한적한 장소다

어느 날부터 남자는

가을빛 얼굴을 하고

정류장 벤치에 물끄러미 앉아있다

딱히 누군가를 기다리는 것도 아니다

그냥 가을을 느끼고 싶은가 보다

그러고 보니 남자에게서

\>

가을 냄새가 난다

가을이 되어버린 것이다

그 순간 난,

어디를 향하고 있는지 길을 잃어버린다

문득 남자가 아닌,

저 가을 속으로 들어가

한 며칠 실종되고 싶다

가을역에서

가을을 닮은 얼굴로
누군가는 가을을 버리고
누군가는 가을을 줍는다

잃어버린 추억을 찾아
잃어버린 사랑을 찾아
바람을 닮은 얼굴로
가을역을 서성인다

누군가는 그리운 이를 떠나보내고
누군가는 그리운 이를 기다리는
쓸쓸한 가을역에서
저마다 마른 낙엽 같은 눈빛으로
희미한 옛 추억에 잠겨있다

그리운 이는
예전 모습으로 느티나무 아래
벤치에 앉아있는데
먼 길을 돌아온 지친 얼굴은
쉬이 다가가질 못하고

\>

가을역이 내려다보이는 창가에서
그리운 이름만 나즉이 불러본다

가을이 깊어진 까닭은

가을이 깊어진 까닭은

외로움이 크기 때문입니다.

가을이 너무 깊어진 까닭은

고독이 너무 크기 때문입니다.

올해도 어김없이 가을을 타는 이유는

하늘을 닮은 커다란 눈빛 때문입니다.

그대가 가을을 쉬이 벗어나지 못한 이유는

아마 가을 하늘 어디엔가

그대의 눈망울이 산수유처럼 영글어있기 때문입니다.

그래도 어쩔 수 없이 가을을 사랑하는 이유는

\>

마음 언저리 어디엔가 늘

빛바랜 낙엽 하나 구르고 있기 때문입니다.

가을이 되면 어디론가 훌쩍 떠나고픈 이유는

너무 먼 하늘에서 내려왔기 때문입니다.

해마다 이 계절에 가슴이 아픈 이유는

슬픈 전설을 닮은 별에서 왔기 때문입니다.

청동빛 가을

징처럼 떠있는 지명知命의 하늘

손끝으로 둥 울리면

쏟아질 것 같은 잿빛 호수

하르르 날아든 가을 한 잎이

붉은 동맥에 착 달라붙어

마른 숨을 내쉬다 살며시

앙가슴으로 내려앉은 외딴 얼굴

핏기 없는 혈관 속을 구르다

진저리 치며 달아나는 해거름 녘에

젖은 이마 말리며

\>

고전이 돼버린 청동의 숲에

한 그루 갈참나무로 남고 싶다.

가을 강에서

서러운 하늘 한 조각 물고

강가에 내려앉은 가을 새와

먼 길을 걸어온 사내와

노을에 잠긴 가을 강이 있네

물살에 밀려온 고단한 바람은

사내의 얼굴을 스쳐 갈 뿐

서러움에 대해선 아무런 말이 없네

슬픔에 붉게 타버린 잎새는

사내의 어깨 위로 내려앉고

가을 강에 날아든 외로운 새는

\>

깃털 하나 물살에 흘려보내고

슬픈 하늘만 쳐다보네

가을이 길었으면 좋겠다

멋진 트렌치코트를 입고 낙엽이 구르는 낭만의 거리를 걷
지 못해도,

적당한 햇살이 비추는 가을날 오후에

선선한 바람을 맞으며 정류장에서 누군가를 기다려본 적
없어도

단풍이 산기슭을 타고 내려와 가로수를 울긋불긋 물들이
는 풍경을

맘껏 볼 수 없어도 가을이 길었으면 좋겠다

음악이 흐르는 거리를 다정한 눈빛으로 손을 잡고 걸어본
적이 없어도,

이 계절만 되면 외로움이란 불치병이 평생 도진다 해도

가을이 길었으면 좋겠다

\>

문득 반가운 가을 편지 한 장 받은 적 없어도

가을만 되면 설레는 이 붉은 가슴이

어느 별에서 왔는지 알 수 없어도,

오후의 햇살이 은빛으로 흔들리는 억새밭에 쏟아지는 날이면

수신인도 없는 편지를 주머니에 넣고 우체국 창가에서 망설일지라도

가을이 길었으면 좋겠다

가을이 오면

가을이 오면
나는
문산행 버스를 타리라

밥 먹으러 갈 때면
은근히 날 좋아했던
순두부집 딸내미

그곳을 떠난 뒤
실로 오랜만에
문산행 버스를 탔다가
어찌 나란히 앉게 된
기막힌 우연

종점까지 가는 동안
아는 체도 못 하고
두근거렸을 그녀

가을이 오면
나는
문산행 버스를 타리라

가을과 낙엽

빵 굽는 오븐에
가을을 넣었다.
맛있는 가을이 익었다.

벤치에 앉아
시집을 펼친다.
책 속의 활자들이 낙엽으로 떨어진다.
옛사랑,
낙엽을 읽는다.

비 오는 날

후드득,

고즈넉이 뿌리를 내리던 숲이 웅성대며
마음이 바빠진다

날기를 체념한 꿩 한 마리가
키보다도 낮은 덤불 사이로
날개를 파묻고
연못가에서 물을 마시던 사슴이
난데없이 날아온 비의 화살을 맞고
슬픈 눈망울을 짓는다

비 오는 날
무심히 내려놓은 마음 한 이랑도
흥건히 젖어 들고
아련히 전해 오는 고향 소식에
잃어버린 내 얼굴을 더듬는다

안개

들판에

안개가 자욱하다

내 안에

낯선 풍경 하나 걸어본다

안개는

지나온 내 삶이고

살아갈 나의 미래다

서울역 교차로

끌고 온 길을 광장에 부려두고

익명이 된 잔등을 은행나무 둥치에 기대놓는다

퀭한 눈동자 몇 닢이 낙엽으로 서성이는

낯선 행선지 아래서

데면데면한 얼굴들이

타인의 눈길 속으로 무연히 시선을 던지며

또 다른 길을 기다리는 동안

발가락 잘린 비둘기 서너 마리가

보도블록 위를 종종대며

하루의 뒤꿈치를 바쁘게 쪼고 있다

>

흐릿한 햇살이 빌딩 난간을

힘겹게 붙들고 있는 서울역 뒷골목에서

휘청거리며 걸어 나온 노숙자의 어깨가

술국에 흠씬 절은 채

햇살이 부끄러워 지하도로 파고들고

구불텅한 길을 휘적휘적 달려온 버스는

좌회전 교차로 안에서

한숨을 고르며 연신 눈을 깜박인다

반환점에서 부산스런 길들이

한바탕 내리고 나면

>

거리를 구르는 낙엽처럼

빈 주머니에

서러운 얼굴 하나 구겨 넣는다

바닷새

차갑게 식은 아침의 가슴께에

내려앉은 바닷새

안개 속에 걸린 수평선은 바다를 다 보여 주지 못하고

번번이 꼬리를 놓친 부리는

서툰 물질에 그림자만 뒤쫓다 깃을 털어낸다

희망은 가슴 깊이 박힌 엷은 파문으로

바다를 흔들어놓고

시퍼런 수면 위에 깃을 접는다

삶의 허방에 빠져

슬픈 비늘을 낚는 날이면

>

채 자라지 못한 연한 지느러미가

아프게 눈살을 찔러온다

아침은 쉼 없이

파도의 잔등을 타고 실려 오지만

한 번쯤 퍼렇게 돋아있는

바다의 목울대를 물어야 되는

먼 수평선 뒤의 아득한 그리움

엉성한 물질에 아침을 놓친 가느다란 부리는

겹겹으로 밀물지는 물살의 틈에 매번 걸리고

새벽을 더듬어 나간 바다에서

\>

바람의 등쌀에 떠밀려 뭍으로 쫓겨 나온 파도는

커다란 아가리를 벌려 바닷새를 통째로 삼키려 들지만

겨우 깃털 하나 빼어 물고 거품으로 사라진다

삶이라는 깃이 때로는

웃자란 비늘처럼 허공을 가르지만

그리 멀지 않은 삶의 반경 안에 떨어져 결국

그곳을 떠날 수 없는 질긴 끈을 만들어놓는다

제3부

사는 게 힘들면

막다른 길에 선 그대
세상 끝난 표정으로
주저앉지 말게

별이 지면
지는 곳으로 걷다가
배고프면
찬물 한 잔으로 목을 축이고

언덕을 넘어
별이 잠든 마을을 지나
발길 닿는 대로 걸어보게

그러다
사는 게 정 힘들면

객창에서 한 며칠
쉬어 가면 그만일 터

새벽녘

새벽녘에

따뜻한 눈을 가진 고양이를 만난 적이 있다

희붐한 골목에

온기를 떨궈 놓는 일이 빈번해진 난

자주 새벽 어둠에 걸려 넘어지곤 했다

고양이는 보았을 것이다

벗겨진 신발을 찾아 두리번거리는 내 모습을

오래전부터

내가 지나간 길에는 고양이의 온기가 스며있다

그의 영역을 지나면서 떨어뜨린 온기를

>

한 모금씩 핥아온 후로 온기의 주인을 한 번쯤

마주할 기회를 벼르고 있었는지도

골목을 턱 막고 넙죽 엎드려 꼬리를 살랑거리는 폼이

마치 날 기다린 듯한 몸짓이다

고양이의 영역을 지나오며

한 방울의 온기로도 네 발과 두 발의 경계를 초월한

고양이의 눈빛이 따뜻하게 감겨 와서

자꾸 뒤돌아본다

슬픔에게

바람은
꽃잎 하나가 슬퍼서
가만히 흔들어주었다

열차는
기다리는 눈망울이 슬퍼서
낙엽 몇 장 날려 주었다
어둠은
별 하나가 슬퍼서
흩어진 별들 몇 개 모아주었다

오늘이 떠나면서
슬픈 얼굴로
내일을 남겨 놓았다

여행자

밖은 고요하고 어두운데
투명한 달빛이 까치발을 하고
허름한 움막 위로 솟아오른다

지평선에 덩그러니 버려진,
달빛이나 잠시 쉬어 가던 움막에
먼 길을 떠난 여행자의
신발 끄는 소리가 들려온다

끝없이 이어진 모래언덕을
몇 개나 넘어왔는지 모른다

달빛이 낡은 문 틈새로
여행자의 가슴에
살며시 내려앉는다

새벽 강가

신을 보려거든

새벽 강가로 나가 보라

갈대 부딪히는 소리와

강물 뒤척이는 소리와

옷자락 스치는 소리와

신들의 속삭이는 소리가

들릴 것이다

어머니

어머니,

봄이 오려면 아직 멀었나 봅니다.

남쪽 외딴 섬에서 걸어오는 춘풍보다

북풍은 더디게 제 몸을 빠져나가고 있습니다.

겨울 간이역 목 의자에 동그마니 앉아

하염없이 눈발을 맞고 있습니다.

차가운 빛으로 걸려 있는 거울 속을 들여다봅니다.

먼 길을 걸어온 행로만큼이나 닳아진 낯선 얼굴이 보입니다.

제 운명의 무게를 감당키 어려워 택했던 고행의 길은

여전히 눈발 속에 아득해 보입니다.

>

겨우내 끼니를 채우지 못한

한 무리의 새 떼가 철로 변에 쌓인 눈송이를 한 부리씩 물고

밥 냄새 나는 불빛을 향해 날아갑니다.

고개를 나지막이 들어 봅니다.

텅 빈 하늘가에 어머니의 모습이 낮게 내려와 있습니다.

귀가 시간이면 동구에서 기다리던

어머니의 꽁꽁 언 얼굴이 이 못난 가슴에 아련하게 저며
옵니다.

낯선 곳 낯선 역에서 편지를 띄우는 그리움과 아픔이야

텅 빈 하늘가를 채우고도 부족하지만

어찌 어머니의 사랑에 비하겠습니까 .

>
제 살과 뼈가 한겨울 눈발로 부서져

어머니의 가슴께로 뿌려지고픈 마음 이루 헤아릴 길 없습
니다.

사랑하는 가족도 다정한 벗들도 뒤로하고

나뭇등걸 같은 운명의 탯줄을 끊고자

새벽이슬로 허기를 채우고 절름발이 같은 생을 질질 끌며

먼 길을 떠나온 지 수년이 지났습니다.

첫새벽 불씨 없는 골방에서 심지가 다 타도록

기도드리는 어머니의 서원이 등불처럼 환하게 켜질 날만을

손꼽아 기다리고 계실 어머니.

남산 공원을 걷다

남산 공원을 걷는다.

속살을 거의 드러낸 하늘 아래로

시조새의 몇 대손이 될 어린 새 떼가 뾰족한 솔잎 끝에

눈을 찔리며 솔가지 사이로 날아든다.

물어 온 모이가 땅에 떨어지자

새들은 덜 여문 부리를 원망하며

부드러운 구름에 대고 쪼는 연습을 반복한다.

문득 햇살 한 줄기 헐거운 가슴으로 박혀 든다.

닳아진 운동화 뒤축처럼 너절한 젊은 날의 초상.

꼽추가 되어버린 잔등에서 절망이 흘러내린다.

>

높이 나는 새가 멀리 보고 행복은 성적 순이 아니라는 소
리쯤은

새 떼들의 재잘거림으로 들려온다.

금 밖으로 밀려난 멍든 가슴에선 시뻘건 녹물만 쏟아 내고

햇살이 부끄러워 뒷골목을 배회하던 시간들.

내 품을 벗어난 아이가

과자 부스러기를 뿌리며 새들을 부른다.

아이의 손등에 앉은 새들의 하늘은

지금은 어느 아우의 젊은 날에 떠있을까.

칠보산에서 띄우는 편지

칠보산을 바라본다.

어느 맘씨 좋은 시골 농부 같다.

페달을 밟으며 봄볕이 따사로운 오솔길을 달린다.

산허리를 타고 내려온 바람이 보드랍게 얼굴에 닿는다.

간밤에 비를 머금은 꽃들이 탐스럽게 흔들린다.

산기슭마다 수더분하게 핀 진달래꽃

눈이 내린 듯 수줍게 핀 하얀 조팝꽃

꽃대에 비해 화려하게 핀 철쭉꽃

슬픈 전설이라도 서렸을 목련꽃

지천으로 핀 꽃들로 온 산이 새색시 같다.

칠보산의 상큼한 공기와 더불어

짙은 꽃향기가 가슴을 뻥 뚫어준다.

신록으로 우거진 송림 사이로

고요한 숲을 흔들며 날아가는

꿩 울음소리가 정겹다.

안개가 엷게 깔린 풍경 속으로

왜가리 한 쌍이 정겹게 날고 있다.

산사에서 은은한 종소리가 울려온다.

자목리 마을 입구에 빨간 우체통이 있다.

칠보산의 그윽한 꽃향기를 봉투에 담아
누군가에게 전하고 싶다.
종점을 돌아 나가는 버스 창가에
아카시아 꽃나무가 무임승차한 채
마을을 벗어난다.
저 꽃들도 사람이 그리운가 보다.

무논에는 맑은 물이 찰랑찰랑 넘치고
밭에는 부지런한 농부들이 씨앗을 뿌린다.
청아한 꿩 울음소리는 농부의 귀를 맑게 씻겨 주고
산허리를 감싸고 있던 안개는 서서히 우화등선羽化登仙한다.

우리 시대의 방

아카시아 향이

번져오는 야경 속으로

숱한 방들이 어지러이 흔들린다.

한때는

우리의 거리였던

번화가에서 밀려나

술 한잔 하는데도

나이 제한을 두고 그것도 모자라

신분증까지 확인한다는

록 카페 네온 불빛 아래서

>

막소주 한 잔에 오징어 다리를 뜯으며

이 밤을 서럽게 씹는다.

방이 늘 부족했던

오월의 세대는

꽃향기 대신에 최루탄을 마셔야 했고

록 카페 대신에

철창문을 드나들어야 했으니

우리가 찾던 방은

여전히 놀빛 저편에 걸려 있고

>

노동의 아침 세대는

선술집의 희미한 불빛 한 자락 털어 넣고

풀어진 넥타이를 동여맨다.

플루트 부는 밤

비 그친 저녁
은은히 들려오는 플루트 소리

어둠의 모퉁이를 돌아
풀벌레 우는 내를 건너
창가에 부딪는
저 플루트 소리는 누구의 고독일까

단단한 벽을 오르다
비밀의 작은 창을 열고
하얀 새를 날려 보내는
저 가녀린 손은 누구의 슬픔일까

마당가에 맥없이 쓰러지던 날
뒤란의 대숲은 거칠게 흔들리고
장독대의 칸나는 붉게 울어댔지

애야
산다는 것은 형벌이란다
산다는 것은 천형이란다

친구여

거친 바다는 말없이

출렁이는데

퍼렇게 멍든 기억이

오늘뿐이겠느냐

뜨거운 설움이

오늘뿐이겠느냐

물안개 피어오르는

새벽 강가에

붉은 새 한 마리 풀어놓고

>

눈물로 적셨던 편지를

고이 간직하며

항해의 길을 나섰던

친구여

어둠이 깨어나고

불빛이 깨어나고

잠든 바다를 뜨겁게 가르는

머나먼 항해여

소낙비 갠 날

장대비가 사정없이 슬레이트 지붕을 때리던 여름날

안방에서 골골대던 노망난 할망구가 아침에 세상을 떴다.

그 방엔 어질머리 생과부가 들어앉았다.

뒷방엔 고물을 수거하는 주酒태백이 틀고 앉아 술병 뒹구는 구들장에 오줌 누고 퍼질러 잔다.

벽 너머 앞창으론 푸세식 변소의 독가스가 진종일 코를 후벼댄다.

격자 틀어진 방문이 저절로 삐거덕 열리면

수챗구멍을 타고 올라온 큼지막한 지렁이가

바닥에 척 늘어져 낮잠을 자고 있다.

이까짓쯤이야 하고 눈을 딱 감아보지만

>

베니어판 천장에서 들고양이가 쥐 사냥을 하는지 한바탕
대운동회가 벌어졌다.

금방이라도 내려앉을 것 같은 천장 아래서

난 묵묵히 굳은살 박인 살점만 손톱으로 잡아 뜯는다.

소낙비 갠 날 아침

요란스레 머리를 어지럽히던 매미 소리도 잠잠해진

젊은 날의 어느 골방에서

까치 한 마리 날아와 섧게 섧게 울어댄다.

불빛 속으로

내 슬픔은 딱딱한 덩어리예요
누가 슬픔을 말랑말랑하다고 했죠
저 불빛,
나를 기다리고 있는 불빛에게 한시라도 빨리
가고 싶어요 그렇지만,
내 손에 상자가 들려 있어요
이걸 다 배달해야 해요 그런 뒤에야
따뜻한 불빛 속으로 들어갈 수가 있어요
꽁꽁 언 날씨에 일을 하고 있어요
손이 곱아오고 배도 고프네요
아직 배달해야 될 상자는 많이 남았어요
내가 보낸 사연이 라디오에서 나오네요
핫팩을 주무르는 것마냥 따뜻해져요
곱은 손이 사르르 녹아요
훈훈한 벽난로 같은 음악이 흘러요
창가의 불빛들이 눈송이처럼 날려요
너무 눈부셔서 먹먹해지고
눈물이 그렁그렁해져요
나는 언제나 저 따뜻한 불빛 속으로
들어갈 수 있을까요

집에는 먹을 게 아무것도 없어요
어제 남은 누런 밥이나 밥통 속에서
더 누렇게 익어가고 있겠지요
난 매일 시를 써요
눈물 없이 읽을 수 없는 시예요
눈 오는 날엔 내 시를 모아서 밥을 지어요
서럽디서러운 밥이에요
손이 곱은 채로 숟가락을 들고
자정 뉴스를 보며 허겁지겁 밥을 먹어요
발을 씻어야 해요
샤워를 해야 해요
종일 걸어서 땀 냄새가 배었거든요
냄새가 너무 지독한 거 같아요
하지만 난,
욕실까지 걸어갈 힘이 남아있지 않아요
잠들고 싶어요 아주 깊은 잠이요
신호등 앞에서 깜빡 잠들 뻔했어요.
누군가 경적을 울리지 않았더라면
다음 날까지 그곳에서 잠들었을 거예요
창밖으로 고개를 돌려 보니

투명한 달빛이 따라오더군요
자세히 보니 달빛이 아니었어요
어느 초라한 사내가 토해 낸
슬픔 덩어리였어요

모기

텅 빈 방,

모기 한 마리

나를 공격한다

쫓아내도 다시 공격한다

죽기 전까지 모기는

공격을 멈추지 않을 작정이다

나는 매일

누군가의 사냥감이 된다

양말을 기우며

양말을 개키던 아내가
구멍이 났다며 가져온다.
나는 바느질이 취미다.
바늘에 실을 꿰고
한 올 한 올
구멍을 메워 나간다.
숭숭 뚫린 틈으로
내 삶의 구멍들이 보인다
허겁지겁 살아오며
구멍 난 삶을 기우려
애를 쓴 적이 있던가
그냥저냥 살아온 날들
구멍을 메워 보려 해도
바늘에 잘 꿰어지지 않는
우울한 날들을 지나오며
구멍 난 끼니를 채우기에
급급했던 헐거운 날들
직업도 꿰매지 못하고
가정도 꿰매지 못하고
일마다 구멍을 내기가 일쑤였지

욕심의 구멍에 빠지기도 하고
교만의 구멍에 빠지기도 하며
불쑥불쑥 나이만 먹어갔지
저절로 아물기도 했지만
여전히 나를 아프게 하는
어떤 구멍들은
양말을 기우는 이 순간에도
바늘 끝에 찔린 듯 아파온다

제4부

꽃무릇

홀연히

꽃무릇을 보았네

한참을 보았을 터

그대 마음도

한참을 붉었을 터

무릇 사랑이란

꽃무릇에 다름 아니네

아내를 오독誤讀하다

당신은 가까이에 있는 책을
깊이 읽으려 들지 않습니다
혹여 새로 나온 책이 절판되지나 않을까
전전긍긍하며 살아갑니다
당신은 항상 먼 곳에 있는
책에만 관심을 둡니다
손에 닿지 않는 곳에 있는
책이 더 궁금할 테니까요
정작 당신에게 필요한 책은
바로 곁에 있는데도 말입니다
그렇게 매일 오독을 반복하며
귀중한 시간을 허비합니다.
한 번이라도 가까이에 있는 책을
제대로 읽어본 적이 있나요
아무 때나 읽어도 된다는 오만에서
오독하지 않았나요
멀리 있는 친척보다 가까이에
있는 이웃이 낫듯이
곁에 있는 책을 정독하며
따뜻한 시선을 나눠보세요

그동안 오독의 시간들이 얼마나 허망했는지
뒤늦게 집어 든 빛바랜 책이 당신에게는
얼마나 소중한 책이었는지 알게 될 테니까요.

라이브를 듣다

라이브 시간이다
기타 줄이 흔들릴 때마다
멸치가 튕겨 나온다

굳은살 박인 손끝이
오선지에 걸린 음계를 털 때마다
멸치 떼도 우수수 튕겨 오른다

대체 저 라이브 한 곡에는
몇 마리의 멸치 떼가 들어있을까

방 안에 떨어진 멸치 떼가
선율에 따라 펄떡거리는데

사내의 라이브는 끝나지 않는다

가을 책방에서

모퉁이 책방에서

시집 두어 권 집어 들고

가을로 지불한 뒤

책방을 막 나서는데

어느새 뒤따라온 주인이

빙긋 웃으며 내 뒷주머니에

가을을 도로 찔러주는 거였다

바람의 전화

바람의 언덕에서 전화를 합니다

그곳에도 완연한 가을이 왔겠지요

등 뒤로 은빛 억새가 일렁거려요

머리 위에는 흰 구름이 떠있고요

제 심장은 저릿하게 떨리고 있어요

마음 같아선 편지를 쓰고 싶지만

올 가을엔

그대 목소리를 듣고 싶어요

바람의 언덕에 덩그러니 서있는

허수아비 공중전화지만

\>

내 목소리가 바람의 수화기를 타고

그대에게 가닿았으면 좋겠습니다

두물머리에서

두물머리에서 두 놈을 떠나보냈네

청춘이라는 놈과 추억이라는 놈이었네

가을 웃다

가을 책방에서

소설 한 권 사 들고 나오는데

사내가 의자에 앉아서

핸드폰에 대고 연신 욕설을 내뱉고 있다

전화를 끊고도 화가 풀리지 않는지

흡연실 유리문을 거칠게 밀어제친다

슬쩍 돌아보니, 사내가 서있는 맞은편에

누군가 대문짝만하게 휘갈긴 낙서가

웃음을 터뜨리게 한다

인. 간. 쓰. 레. 기

단풍

이 죽일 놈의 단풍이

올해도

환장하게 타오르네

일몰

한때 고라니였던 적이 있다.

그땐 참 열심히 뛰어다녔다.

지금은 너의 붉은 발자국으로

가슴을 쿵쿵 밟으며

내 갈비뼈 한 마디쯤 붉게 물들여 다오.

일몰의 시간이 되면 뜨겁지 않은 가슴이 어디 있으랴.

가을 타다

개미 한 마리

낙엽 하나 끌고 간다

저도 가을 타고 싶었나 보다

낙엽 위로 분주히 오르내린다

혼이 쏙 빠진 낙엽

그만 기절해 버렸다

유리잔 도둑

커피는 입으로 마시고
양심은 손끝으로 마셨습니다.
유리잔을 보기 전까지는
그럴 맘이 없었습니다.
하지만 세이렌!
저를 유혹했습니다.
망망대해에서 선원들을 유혹했던
바다의 요괴 말입니다.
왜 하필 세이렌이 그려진 유리잔이
제 앞에 떡하니 있었는지.
유혹을 당했을 뿐
절대 훔칠 생각이 없었습니다.
모두 세이렌 탓입니다.
유리잔 도둑이여.

안개역

새벽 한 시

방금 마누라에게 쫓겨나 안개역에 앉아있다.

맞은편 나무 의자에는 쫓겨난 지 오래된 듯 걸레 뭉치 한 마리가 구겨져 있다.

오랜 시간이 지나면 저렇게 더러운 걸레가 되어있을까.

폐허의 시간은 납작하게 내려앉은 안개역의 지붕을 밤 고양이처럼 밟고 지나간다.

얻어맞은 눈의 언저리가 욱신욱신 아려온다.

기적이 멎고 막차를 타고 온 허기진 몸뚱이들은

저마다 누더기 같은 하루를 둘러메고 개찰구를 빠져나간다.

종착역은 지금 지독한 안개에 갇혀있다.

>

입안이 텁텁해 온다.

대합실 재떨이에 꽁초 하나가 짓씹힌 채 꼭지를 내밀고 있고

옆에는 알맹이만 쏘옥 빼 먹은 계란 껍질이 흩어져 있다.

입안으로 빨려 들어간 담배 연기는 폐허가 된 오장육부를
한 바퀴 휘감는다.

필터까지 타들어 간 꽁초를 잘근잘근 씹어대며

푸르뎅뎅하게 부은 눈언저리를 계란 껍질로 문질러댄다.

염병할 놈의 여편네는 제 서방 알기를 흑싸리 껍데기로 안
다니께

툭하면 복날에 개 잡듯이 팬단 말여

건너편에 앉아있는 매표소 역무원은 졸린지 연신 하품을
해대고

>

안개가 무겁게 내려앉은 종착역은 망망대해에 떠있는 표
류선 같다.

아까부터 구겨져 자고 있던 걸레는

한참 어느 술집 작부와 대작 중인지 입맛을 쩝쩝 다신다.

꽁초는 벌써 여편네의 면상으로 둔갑해서 발꿈치에 뭉개
져 있다.

이상타, 내 몸뚱이가 풍선처럼 떠오른다.

발밑을 내려다보니 안개역이 자꾸만 공중으로 솟구친다.

주위를 둘러보니 걸레도 역무원도 보이지 않는다.

내 몸을 실은 안개역이 까만 별 무리 틈에 떠있다.

갑자기 웃음보가 마구 터져 나온다.

>
은하의 별들이 물무늬처럼 출렁거린다.

저 멀리 돌아가지 않아도 될 내 집이 점점 멀어져 간다.

비 오는 세종로

젖은 보도를 걷는다
낮게 내려앉은 하늘이
우울한 얼굴을 끌고 가는 아침에
문득 길을 잃는다

가늘게 내리는 빗줄기에
희미한 기억이 거리에 풀어지고
촉촉한 눈가에 젖은 풍경 하나 담는다

고층 빌딩의 침묵에 걸음이 점점 무거워진다
누군가 툭 어깨를 치면
금세 사라져버릴 것 같은 비눗방울 가슴
빗줄기에 구멍 하나씩 생긴다

먹구름 흘러가는 세종로 가로수 아래서
익명의 행인이 되어 우두커니 서있는 휴일

빗줄기 사이로 차량의 질주는 이어지고
정류장에 떨어진 이른 낙엽 하나
파르르 빗물에 젖어 든다

그 여자

꽃비 날리는 날
여자는 경의선을 타고 종착역에서 남자를 기다렸다.
외진 동네에 숨어 살던 남자는
자전거를 타고 와서 여자를 태우고
종착역을 떠났다.
부모 반대를 무릅쓰고 한 일 년
외진 동네에서 바람처럼 살다가 사라졌다.
두 사람이 왜 헤어졌는지는 모른다.
단지, 꽃잎이 눈부시게 날리던 날
여자는 꽃잎 따라 어디론가 갔다는
소문만 무성할 뿐
그 후로 여자를 봤다는 사람은 없었다.

가을의 성자

가을은 언제나 목발을 짚고 산모롱이를 돌아오는 황금빛 얼굴이다. 햇살이 가늘게 걸려 있는 고갯길을 허위허위 헤치며 걸어오는 저 낡은 세월은 누구의 외투인가. 넝마 같은 생을 질질 끌며 고개를 넘어오는 그의 외투 자락에 묻어오는 청동빛 유서, 가을 끝에서 눈이 부신 듯 젖은 이마를 말린다.

아랫방, 마당을 가로질러 헛간 옆의 그곳은 어린 시절의 꿈을 키워주었던 곳이다. 어렸을 적 나는 수줍음이 많았고 말수가 거의 없는 편이었다. 혼자 있기를 좋아했고 혼자 동네 야산을 쏘다니는 걸 좋아했다. 봄이면 산밭에 노랗게 피어있는 장다리꽃에 취해 몽롱한 의식으로 밭두렁을 걷기도 하고, 여름이면 무논에 찰랑이는 은빛 햇살에 논두렁가에서 어질머리로 쓰러지기도 했다.

나는 늘 무언가에 목말라 있었으며 미지의 세상을 향해 간절한 눈빛을 반짝이고 있었다. 가족이 많았음에도 불구하고 외로움에 젖어있던 탓인지, 일몰의 쓸쓸함처럼 헛헛한 마음만이 빈 들녘 위를 맴돌고 있었다. 고향 마을은 불대산佛臺山을 주봉으로 빙 둘러싸인 분지형이어서 겨울이면 눈이 참 푸짐하게 쌓였다. 난 겨울을 유난히 좋아했다. 온 들판이 하얇게 덮여 버린 산야를 황홀하게 바라보다 알 수 없는 어떤 힘에 이끌려 집 주변의 야산을 진종일 헤맸던 기억이 난다.

하모니카를 즐겨 불던 때는 늦은 사춘기 무렵이었다. 아버지를 고향 땅에 묻고 가족 모두가 타지로 이사하여 살던 때였다. 가난과 미래의 불확실한 진로 문제로 지독한 갈등을 겪었다. 가출과 방황으로 얼룩진 그 시기에 난, 답답할 때면 하모니카를 들고 뒷산에 올라 울적한 가슴이 터져라 불어댔다. 텅 빈 숲을 고적하게 울려대는 하모니카 소리는, 내 절망과 울분의 발산이었다.

'당신'에게 가는 길

차성환(시인, 문학박사)

　박도열의 시집『가을이면 실종되고 싶다』에는 도시의 한복판에서 남들과 같이 타성에 젖어 살아가는 자신의 삶을 반성하고 인생의 진정한 가치를 찾기 위한 시인의 여정이 담겨 있다. 진정한 삶으로 나아가기 위해서는 지금의 삶에 대한 의문을 가지고 길을 잃는 작업이 먼저 이루어져야 한다. 그것이 시집의 제목에 나타난 '실종'이라는 시어가 가진 의미일 것이다. 새로운 삶의 방식을 찾고자 하는 그의 시도는 세상이 말하는 정상적인 궤도에서 이탈하면서 시작된다. 자기 존재가 무의미하고 텅 비어있는 것 같은 느낌. 이 낯선 이방인의 감각에서 그의 시가 탄생한다.

　　젖은 보도를 걷는다
　　낮게 내려앉은 하늘이

우울한 얼굴을 끌고 가는 아침에
문득 길을 잃는다

가늘게 내리는 빗줄기에
희미한 기억이 거리에 풀어지고
촉촉한 눈가에 젖은 풍경 하나 담는다

고층 빌딩의 침묵에 걸음이 점점 무거워진다
누군가 툭 어깨를 치면
금세 사라져버릴 것 같은 비눗방울 가슴
빗줄기에 구멍 하나씩 생긴다

먹구름 흘러가는 세종로 가로수 아래서
익명의 행인이 되어 우두커니 서있는 휴일

빗줄기 사이로 차량의 질주는 이어지고
정류장에 떨어진 이른 낙엽 하나
파르르 빗물에 젖어 든다

—「비 오는 세종로」 전문

　시인은 "고층 빌딩의 침묵"과 "먹구름"으로 가득한 도심의 한복판에서 "문득 길을 잃는다". "비 오는 세종로"의 "휴일" "아침"에 맞이한 "하늘"은 "우울한 얼굴"을 하고 있다. 차갑고 우울한 도시의 이미지는 '나'를 둘러싸고 짓누른다. "빗줄기"라는 외부의 작은 자극에도 "금세 사라져버릴 것 같은 비눗방울 가슴"은 도시에서 살아가는 '나'의 불안정성과 연약함을 잘 표현하고 있다. "차량의 질주"로 대변되는 이 도시의 속도는 "정류장에 떨어진 이른 낙엽 하나"를 찬찬히 들여다볼 수 있는 여유를 허락하지 않는다. '나'는 무언가 놓치면서 살아오지 않았을까. '나'는 어떤 상실감에 사로잡혀 도시의 유령과도 같은 "익명의 행인"이 되어 걸음을 멈추고 "우두커니 서있는" 것이다. 자신이 걸어왔던 길은 "희미한 기억"이 되어 마치 환영처럼 "거리에" 잠시 나타났다가 풀어져 사라진다. 그 희미한 기억에는 무엇이 서려있을까.

시인은 자신이 걸어온 지난 길을 되돌아본다. 결코 녹록지 않은 삶이었을 것이다. "묵묵히 굳은살 박인 살점만 손톱으로 잡아 뜯"던 "젊은 날의 어느 골방에서"(「소낙비 갠 날」)의 기억. "가출과 방황으로 얼룩진 그 시기에" "뒷산에 올라 울적한 가슴이 터져라 불어댔"던, "텅 빈 숲을 고적하게 울려대는 하모니카 소리"(「가을의 성자」). 그의 말대로 "산다는 것은 형벌"이고 "천형"(「플루트 부는 밤」)으로 다가온다. "삶의 허방에 빠져"(「바닷새」) "어디를 향하고 있는지 길을 잃어버"(「가을이면 실종되고 싶다」)리기도 했다. 그의 시에는 삶의 "구멍을 메워 보려 해도/ 바늘에 잘 꿰어지지 않는/ 우울한 날들을 지나오며/ 끼니를 채우기에/ 급급했던 헐거운 날들"(「양말을 기우며」)이 가슴 아프게 기록되어 있다. 과거의 잔상에 사로잡혀 있을 때 그의 시는 "어느 초라한 사내가 토해 낸/ 슬픔 덩어리"(「불빛 속으로」)가 된다. 지나간 "슬픈 계절의 사랑"과 "아픈 추억의 이름"(「종착역에서」)을 부르며 "잃어버린 추억을 찾아/

잃어버린 사랑을 찾아/ 바람을 닮은 얼굴로/ 가을역을 서성"
(「가을역에서」)이고 있는 것이다.

  도시의 속도에 발맞춰서 정신없이 살아왔던 삶의 시간이
주마등처럼 스쳐 지나간다. 지금 발 딛고 서있는 도시의 공
간과 시간이 이제는 낯설게 느껴진다. 도시 한복판에서 '나'
에게 불현듯 찾아온, 낯선 이방인의 감각은 익숙한 도시의 현
실에 거리를 두게 만든다. 이 이방인의 감각은 "익명"으로 살
수밖에 없었던 '나'의 존재를 일깨워 준다. 삶의 진정한 의미
를 찾기 위한 여정으로 이끌어주는 것이다. 내가 서있는 이
곳이 뿌리내릴 수 없는 불모지임을 인식하고 삶의 근원에 대
해 사유할 수 있게 하는 것이다.

    사라지는 것들은 깊은 여운을 남긴다.
    차창을 활짝 내리자 부드러운 공기가 얼굴을 감싼다.
    비가 언제 왔나 싶게 바람의 질감이 고슬고슬하다.
    우울한 기분이 순해지며 바람결에 쓸쓸함이 시나브로 밀
  러든다.
    매일 맞이하는 저녁 무렵이지만
    낮을 지나 밤으로 넘어가는 경계에 서면
    언제나 외로운 눈빛이 된다.
    낯선 시간 속에 혼자 덩그러니 남겨진 기분이다.
    길 위에서 수없이 교차되는 전조등 불빛에
    가끔 어디를 향하고 있는지 방향을 상실하곤 한다.
    매양 같은 길을 지나면서도
    언제나 낯설게 다가오는 시간의 경계에 서면

마음 한구석이 헛헛해진다.
고개를 들고 하늘을 올려다본다.
엷어진 먹구름 사이로
희미한 별 하나가 고개를 비죽이 내밀고 있다.
나는 별을 배달하는 눈빛으로
어둠 속의 한 곳을 그윽이 바라본다.

—「저녁 무렵」 전문

　"비"가 그치고 "바람의 질감이 고슬고슬하"게 느껴지는 "저녁 무렵"이다. "낮을 지나 밤으로 넘어가는 경계"인 "저녁 무렵"은 특별한 시간대이다. 대낮의 환한 눈부신 태양 아래에서 자기 존재를 분명하게 과시하던 사물들이 "저녁 무렵"에는 점차 어둠 속으로 사그라지기 때문이다. 세상의 모든 존재들은 영원하지 않다. 그 존재들이 품고 있던 생生의 꿈과 기억 또한 사라진다. 해가 저무는 풍경은 결국 소멸할 수밖에 없는 존재의 숙명을 일깨워 주는 것이다. 살아있는 존재라면 언젠가는 마주하게 될 이 '소멸' 앞에서 우리는 숙연해질 수밖에 없다. "사라지는 것들"의 항목에는 '나' 또한 포함된다. '나'는 황혼 녘에 "사라지는 것들"이 남긴 "깊은 여운"에 사로잡혀 있다. "사라지는 것들"에 대한 그리움과 슬픔 속에서 '나'는 "낯선 시간 속에 혼자 덩그러니 남겨진" 자기 자신을 발견하게 된다. 낯선 이방인으로서의 자신을 바라보고 "쓸쓸함"을 느끼는 것이다. 세계 속에서 유한한 '나'를 직시하는 것은 자기 각성으로 이어진다. 지금까지 자신이 걸어온 길을 되돌아보게 하고 진정한 삶에 대한 물음을 품게 한다. "낯설게 다가오는 시간의 경계" 속에서 '나'는 "마음 한구석이 헛헛해"지는 존재의 허기를 느끼는 것이다. '나'는 어떤 존재여야 하는가. 어떻게 살아야 하는 것인가. '나'는 "길 위에서 수없이 교차되는 전조등 불빛에" 의해 "방향" 감각을 "상실"한다. '나'는 세계의 "어둠" 속에서 막막한 상황에 처하지만 순간, "하늘"의 "옅어진 먹구름 사이로/ 희미한 별 하나"를 발견한다. 기적과 같은 이 순간은 '나'라는 존재를 지지해 주고 나아갈 길을 제시해 준다. "어둠" 속에서 "희미한 별 하나"가 뿜어내는 별빛이 희망처럼 '나'의 존재를 비춰준다. 그리고 별빛을 받은 '나'는 그 별빛의 따듯함을 고스란히 세상에 돌려준다. '나'의 "외로운 눈빛"은 "별을 배달하는 눈빛"으로 바뀌게 되는 것이다. 시인은 "사라지는 것들"에 대해 사유하는 자이다. 짧게 명멸하는 "희미한 별 하나"가 보내는 "눈빛"에서 사랑과 희망의 노래를 읽을 줄 아는 자이다. 시인은 어둠 속에서 따듯한 구원이 되는 '빛'을 품은 자이다.

하루 중 가장

낯설게 다가오는

낮과 밤의 경계에서

붉은 한낮은 사라지고

산자락에서 내려온

먹빛 그늘이

도시를 덮는 쓸쓸한 시간이면,

그만 주먹을 풀고

김이 모락거리는 하얀 쌀밥과

따뜻한 불빛이 번지는 집으로

돌아가야 할 시간이다

—「집으로」전문

"낮과 밤의 경계에서" 서성이던 '나'는, 이제 방황을 멈추고 자신이 가야 할 곳을 떠올린다. 그곳은 "김이 모락거리는 하얀 쌀밥과/ 따뜻한 불빛이 번지는 집"이다. 이 "집"은 "도시"에서의 "쓸쓸한 시간"을 견디던 '나'를 위로하고 품어줄 수 있는 유일한 안식처이다. 해 질 무렵은 이제 더 이상 낯선 이방인이 정처 없이 헤매는 시간이 아니라 "집으로/ 돌아가야 할" 귀향의 "시간"이 된다. "따뜻한 불빛이 번지는 집"은 곧 '나'가 돌아가야 할 근원적 공간이 된다. 그가 가슴속에 품고 있는 "집"은 어떤 모습일까.

칠보산을 바라본다.
어느 맘씨 좋은 시골 농부 같다.
페달을 밟으며 봄볕이 따사로운 오솔길을 달린다.

산허리를 타고 내려온 바람이 보드랍게 얼굴에 닿는다.

간밤에 비를 머금은 꽃들이 탐스럽게 흔들린다.

산기슭마다 수더분하게 핀 진달래꽃

눈이 내린 듯 수줍게 핀 하얀 조팝꽃

꽃대에 비해 화려하게 핀 철쭉꽃

슬픈 전설이라도 서렸을 목련꽃

지천으로 핀 꽃들로 온 산이 새색시 같다.

칠보산의 상큼한 공기와 더불어

짙은 꽃향기가 가슴을 뻥 뚫어준다.

신록으로 우거진 송림 사이로

고요한 숲을 흔들며 날아가는

꿩 울음소리가 정겹다.

안개가 엷게 깔린 풍경 속으로

왜가리 한 쌍이 정겹게 날고 있다.

산사에서 은은한 종소리가 울려온다.

자목리 마을 입구에 빨간 우체통이 있다.

칠보산의 그윽한 꽃향기를 봉투에 담아

누군가에게 전하고 싶다.

종점을 돌아 나가는 버스 창가에

아카시아 꽃나무가 무임승차한 채

마을을 벗어난다.

저 꽃들도 사람이 그리운가 보다.

무논에는 맑은 물이 찰랑찰랑 넘치고

밭에는 부지런한 농부들이 씨앗을 뿌린다.
청아한 꿩 울음소리는 농부의 귀를 맑게 씻겨 주고
산허리를 감싸고 있던 안개는 서서히 우화등선羽化登仙한다.
　　　　　　　　　　　　　―「칠보산에서 띄우는 편지」 전문

　시인은 실제 수원에 있는 '칠보산'을 바라보면서 이 시를 쓴 듯하다. 읽다 보면 자연의 넓은 품을 보는 것처럼 가슴이 따듯하고 풍요로워진다. "맘씨 좋은 시골 농부 같"은 '칠보산'은 사람들이 자신의 깊은 숲속에 이를 수 있도록 "봄볕이 따사로운 오솔길"을 내어준다. '칠보산'은 "신록으로 우거진 송림"과 "진달래꽃" "하얀 조팝꽃" "철쭉꽃" "목련꽃"을 가꾸고 "꿩"과 "왜가리"를 키운다. "산사에서 은은한 종소리가 울려" 오는 이곳은 무릉도원에 가깝다. 시인은 '칠보산'의 아름다운 풍경을 혼자 누리는 것이 아까운 모양이다. 그는 "칠보산의 그윽한 꽃향기를 봉투에 담아/ 누군가에게 전하고 싶"은 마음이 간절하다. 그것은 사람에 대한 그리움이다. "자목리 마을 입구"에서 "아카시아 꽃나무"가 사람이 몹시 그리운 나머지 "종점을 돌아 나가는 버스 창가에" 자신의 그림자를 싣고 "마을을 벗어"나려는 것처럼, 시인은 사람에 대한 깊은 그리움을 품고 있다. "저 꽃들도 사람이 그리운가 보다". 사람이 없는 이곳의 풍경은 아름답긴 하지만 무언가 부족하고 허전하다. 그런 의미에서 마지막 연은 시인이 꿈꾸고 있는 이상향의 세계를 분명히 일러준다. 이 시는 '칠보산'이라는 무릉도원을 그린 한 폭의 수묵 산수화처럼 보인다. 그 비유가 허락된다면, 시인은 마지막 붓질로 산자락 끝에 "농부들"을 그려 넣음으로써 이 그림을 완성한다. 그 산자락에 사는 사람들은 얼마나 평화로운가. '칠보산' 자락에서 "부지런한 농부들이 씨앗을 뿌"릴 때 "청아한 꿩 울음소리"가 "농부의 귀를 맑게 씻겨 주"는 풍경은 인간과 동물과 식물이 한데 어우러진 화목한 공동체의 세계를 생생하게 보여 주고 있다. 비로소 우리는 사람과 자연이 공존하는 아름다운 '칠보산'의 정취에 흠뻑 빠지게 된다. 그의 시에는 사람에 대한 어떤 근원적인 그리움이 강하게 작동하고 있다.

당신에게 가고픈 마음에

그리움의 등불을 켜고

내게로 오고픈 마음에

기다림의 등불을 켜놓을 것입니다

당신에게 가고픈 마음

내게로 오고픈 마음

그 중간 어디쯤에

둘만의 징검다리 하나 생겼으면

—「그리움」 전문

"칠보산의 그윽한 꽃향기를 봉투에 담아/ 누군가에게 전하고 싶"(『칠보산에서 띄우는 편지』)은 "마음"은 이 시에서 "기다림의 등불"로 화한다. 사람에 대한 그리움이 "마음"속 "등불"을 켜는 것이다. 사람이 사람을 그리워하고 서로에게 가닿고 싶어 하는 "마음"은 보이지 않는 "둘만의 징검다리"를 만들기도 한다. 사람에 대한 그리움은 박도열 시인이 전하고자 하는 가슴 뜨거운 메시지이다. 그는 "잠 못 이루는 밤 별을/ 바라보고 있는 그 눈빛"(『그대의 길』)으로 당신을 바라본다.

우리가 돌아가야 할 '집'의 정체를 이제는 밝힐 때가 된 것 같다. 그것은 바로 '사람'이다. 그 '집'에는 모든 존재를 보듬어 안는 "따뜻한 불빛"(『집으로』)이 있다. 사람은 서로의 존재를 통해 안정감을 느끼고 생의 의미를 발견한다. 박도열 시인은 캄캄한 밤하늘의 별빛처럼, "별을 배달하는 눈빛"(『저녁무렵』)으로 세상의 어둠 속을 바라본다. 더 나아가 시인 스스로 사람을 품을 수 있는, "기다림의 등불"을 매단 '집'이 되려고 한다. "시란/ 인간에 대한 간절한/ 사랑이요 그리움이요 성찰이다"(『시인의 말』)라는 말처럼, 그는 "인간에 대한 간절한/ 사랑"과 "그리움"으로 시를 쓴다. 당신은 외딴 곳에 혼자 핀 꽃이 아니다. 당신에게는 따뜻한 불빛이 있다. "나는 언제나 저 따뜻한 불빛 속으로/ 들어갈 수 있을까요"(『불빛 속으로』). 시집을 펼쳐 보는 당신의 가슴속에도 따뜻한 불빛이 은은히 켜질 것이다.

천년의시인선